모질이는 하루 종일 꼰 새끼 서 발을 갖고
길을 떠났어요. 모질이는 어떻게
새끼 서 발로 부잣집 사위가 되었을까요?

추천 감수 _ 서대석

서울대학교와 동 대학원에서 구비문학을 전공하고 문학박사 학위를 받았습니다. 한국 구비문학회 회장과 한국고전문학회 회장을 지냈으며, 1984년부터 지금까지 서울대학교 인문대학 국어국문학과 교수로 재직 중입니다. 〈한국구비문학대계〉 1-2, 2-2, 2-6, 2-7, 4-3 등 5권을 펴냈으며, 쓴 책으로 〈구비문학 개설〉, 〈전통 구비문학과 근대 공연 예술〉, 〈한국의 신화〉, 〈군담소설의 구조와 배경〉 등이 있습니다.

추천 감수 _ 임치균

서울대학교 대학원에서 고전소설 연구로 문학박사 학위를 받고 현재 한국학중앙연구원 한국학대학원 어문예술계열 교수로 재직 중입니다. 한국학중앙연구원에서 문헌과 해석 운영위원으로 활동하고 있으며, 고전소설의 대중화 방안을 연구하여 일반인들에게 널리 알리는 일에 앞장서고 있습니다. 쓴 책으로 〈조선조 대장편소설 연구〉, 〈한국 고전소설의 세계〉(공저), 〈검은 바람〉 등이 있습니다.

추천 감수 _ 김기형

고려대학교와 동 대학원에서 구비문학을 전공하고 문학박사 학위를 받았습니다. 현재 고려대학교 문과대학 국어국문학과 부교수로 판소리를 비롯한 우리 문학을 계승 발전 시키기 위해 노력하고 있습니다. 쓴 책으로 〈적벽가 연구〉, 〈수궁가 연구〉, 〈강도근 5가 전집〉, 〈한국의 판소리 문화〉, 〈한국 구비문학의 이해〉(공저) 등이 있습니다.

추천 감수 _ 김병규

대구교육대학을 졸업하고 한국일보 신춘문예에 동화가, 중앙일보 신춘문예에 희곡이 당선되면서 작품 활동을 시작했습니다. 대한민국문학상, 소천아동문학상, 해강아동문학상 등을 수상했으며, 현재 소년한국일보 편집국장으로 재직 중입니다. 쓴 책으로 〈나무는 왜 겨울에 옷을 벗는가〉, 〈푸렁별에서 온 손님〉, 〈그림 속의 파란 단추〉 등이 있습니다.

추천 감수 _ 배익천

경북 영양에서 태어났습니다. 1974년 한국일보 신춘문예에 동화가 당선되었고, 〈마음을 찍는 발자국〉, 〈눈사람의 휘파람〉, 〈냉이꽃〉, 〈은빛 날개의 가슴〉 등의 동화집을 펴냈습니다. 한국아동문학상, 대한민국문학상, 세종아동문학상 등을 받았으며, 현재 부산 MBC에서 발행하는 〈어린이문예〉 편집주간으로 일하고 있습니다.

글 _ 박안나

1992년 '젊은엄마' 창작 동화에서 상을 받으면서 본격적으로 글을 쓰기 시작했습니다. 1997년 눈높이아동문학상을 받았으며, 쓴 책으로 〈놀러 오세요, 고옹이네 집〉, 〈대감 항아리〉, 〈풍금 도둑〉 등이 있습니다.

그림 _ 이량덕

성신여자대학교 대학원에서 시각디자인을 공부했습니다. 현재 프리랜스 일러스트레이터로 활동 중이며, 현대적인 느낌과 전통적인 느낌을 조화롭게 구성하기 위해 콜라주 기법과 전통 문양을 사용하는 것이 특징입니다. 그린 책으로 〈빨간 부채 파란 부채〉, 〈잭과 콩나무〉, 〈클래식 동화〉 등이 있습니다.

소년한국
우수어린이
도서수상

〈말랑말랑 우리전래동화〉는 소년한국일보사가 국내 최고의 도서 제품을 선정하여 주는 **우수어린이** 도서를 여러 출판 사의 많은 후보작과의 치열한 경쟁을 뚫고 수상하였습니다.

말랑말랑 우리전래동화   **09** 지혜와 재치

새끼 서 발로 장가가기

발 행 인 박희철
발 행 처 한국헤밍웨이
출판등록 제406-2013-000056호
주　　소 경기도 성남시 분당구 금곡동 444-148
대표전화 031-715-7722
팩　　스 031-786-1100
편　　집 이영혜, 이승희, 최부옥, 김지균, 송정호
디 자 인 조수진, 우지영, 성지현, 선우소연
사진제공 이미지클릭, 연합포토, 중앙포토

△ 주의 : 본 교재를 던지거나 떨어뜨리면 다칠 우려가 있으니 주의하십시오.
　　　　고온 다습한 장소나 직사광선이 닿는 장소에는 보관을 피해 주십시오.

새끼 서 발로 장가가기

글박안나 그림이량덕

🙎🙎한국헤밍웨이

먼 옛날 앞산도 동그랗고 뒷산도 동그란 마을에
굴뚝이 비스듬히 기울어진 집이 있었어.
그 집에는 홀어머니와 아들이 살고 있는데
아들이 조금 모자라.
동네 아이들은 아들을 모질이라며 놀려 댔지.

    *알나리깔나리
     누구누구는
     아랫목에서 밥 먹고
     윗목에서 똥 싼대요.

*알나리깔나리 : 아이들이 남을 놀릴 때 하는 말이에요.

일 좀 해!

모질이는 날마다 뒹굴뒹굴 놀기만 했어.
어머니가 하도 속이 상해서
하루는 잔소리를 늘어놓았지.
"애야, 다른 집 애들은 밭을 맨다, 나무를 한다,
제 부모 편히 모실 궁리를 하는데
너는 언제까지 방구석에만 틀어박혀 있을래?"
모질이는 꿈지럭거리며 일어나더니 말했어.
"*새끼라도 꼴 테니까 걱정 마세요."

*새끼 : 짚으로 꼬아 줄처럼 만든 것을 말해요.

어머니가 얼씨구나 짚단을 갖다 주었어.
모질이는 끙끙거리며 새끼를 꼬기 시작했지.
침을 퉤퉤 뱉어 가며
방귀도 뿡뿡 뀌어 가며
하루 종일 쉬지 않고 새끼를 꼬았어.
놀기만 하던 아들이 일하는 모습을 보니
어머니는 입이 쩌억 벌어져 귀에 걸렸지.

뉘엿뉘엿 해 질 무렵이 되었어.
"어디 보자. 우리 아들이 얼마나 꼬았나?"
어머니는 팔을 뻗어 새끼를 재어 보았지.
애개, 달랑 서 *발밖에 안 돼.
"아니, 하루 종일 꼰 게 겨우 이거냐?"
"이거면 충분해요. 이제 이걸 가지고
집을 떠나 제 살길을 찾을 거예요."
어머니는 두 눈이 휘둥그레졌어.

*발 : 길이를 재는 단위로, 두 팔을 벌려 한쪽 손끝에서
　　　다른 쪽 손끝까지의 길이를 한 발이라고 해요.

13

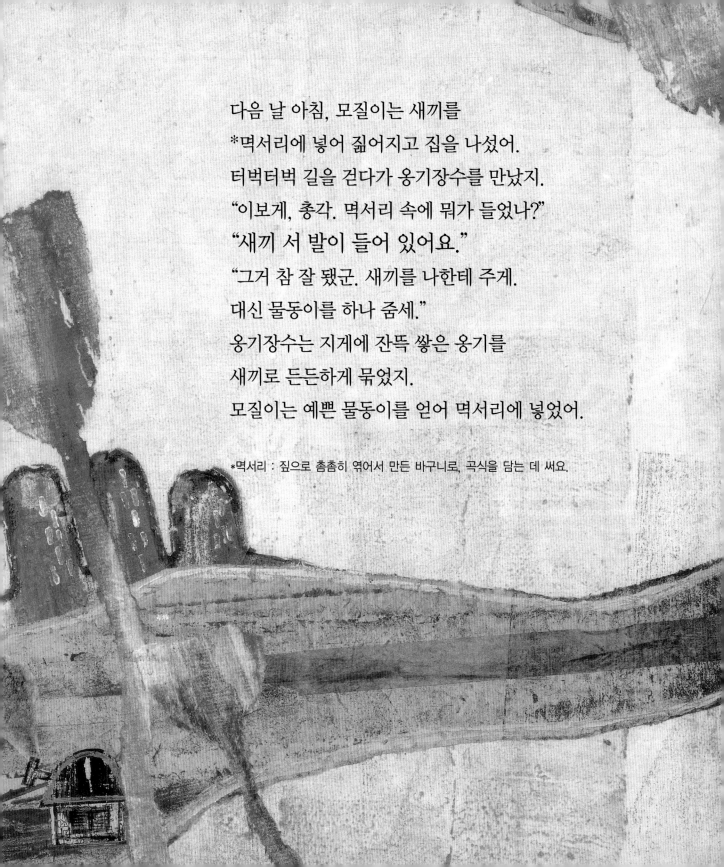

다음 날 아침, 모질이는 새끼를
*멱서리에 넣어 짊어지고 집을 나섰어.
터벅터벅 길을 걷다가 옹기장수를 만났지.
"이보게, 총각. 멱서리 속에 뭐가 들었나?"
"새끼 서 발이 들어 있어요."
"그거 참 잘 됐군. 새끼를 나한테 주게.
대신 물동이를 하나 줌세."
옹기장수는 지게에 잔뜩 쌓은 옹기를
새끼로 든든하게 묶었지.
모질이는 예쁜 물동이를 얻어 멱서리에 넣었어.

*멱서리 : 짚으로 촘촘히 엮어서 만든 바구니로, 곡식을 담는 데 써요.

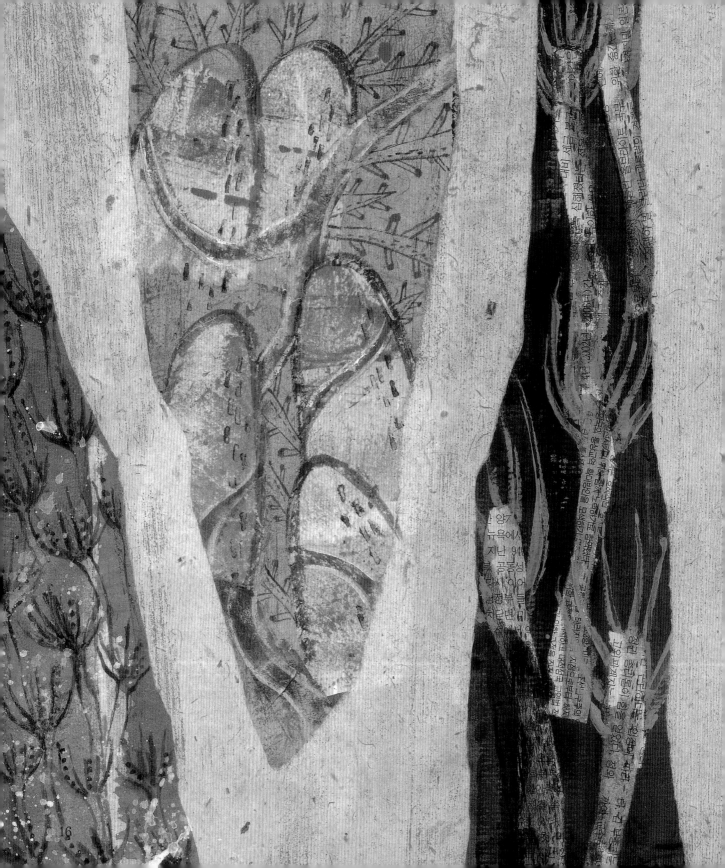

16

모질이는 솔내 향긋한 소나무 숲을 지나
돌돌돌 흐르는 시냇물을 건너
꼬불꼬불 꼬부라진 재를 넘었어.
마을 옆 우물가를 막 지날 때였지.
물을 긷던 처녀가 얼굴이 새파래져 소리쳤어.
"어머, 난 몰라. 물동이가 깨졌네!"

지나가다 멈춰 선 모질이를 보고 처녀가 물었어.

"이봐요. 그 속에 불룩한 것이 뭐예요?"

"예쁜 물동이예요."

"그 물동이를 나한테 팔지 않을래요?"

"아니, 싫어요."

"돈을 많이 준대도?"

"아, 싫다니까요."

모질이는 돈이 좋은 것도 잘 몰라.

"이제 어떡해! 주인마님이 날 내쫓을 거야."

처녀는 왈칵 울음을 터뜨렸어.

"그럼 나하고 같이 도망가요."
모질이는 처녀가 예뻐서 마음에 들었어.
"그래요. 혼나고 쫓겨나느니 그게 낫겠어요."
처녀는 멱서리 속으로 얼른 들어갔어.
모질이는 눈덩이처럼 커진 멱서리를 짊어지고
마을 밖 *미나리꽝을 지나 뚜벅뚜벅 걸어갔지.
하지만 처녀가 살던 집 하인들이
아까부터 숨어서 두 사람을 지켜봤단다.
하인들은 모질이를 몰래 뒤쫓아 갔어.

*미나리꽝 : 미나리를 심는 논을 말해요.

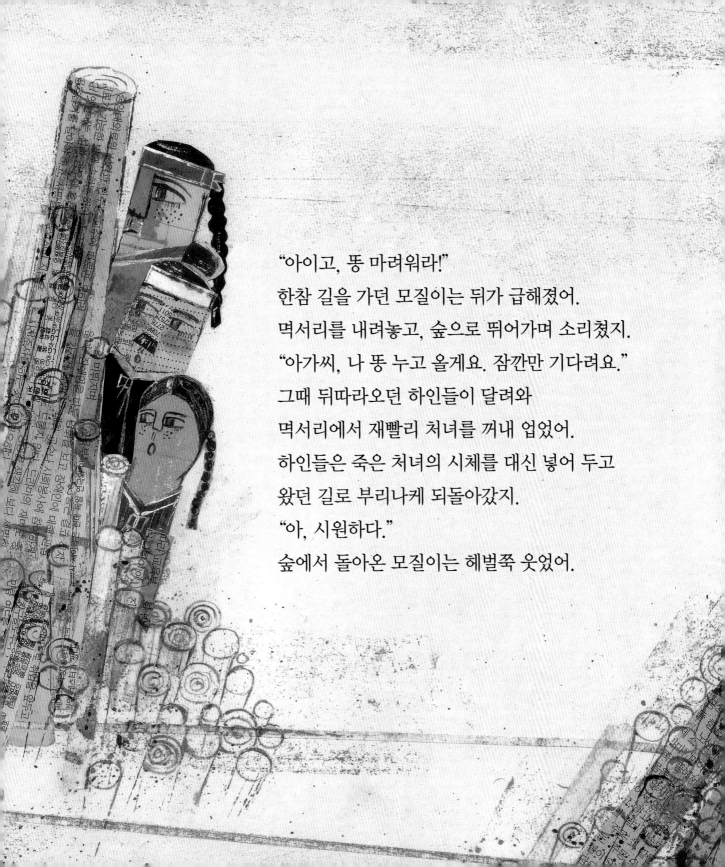

"아이고, 똥 마려워라!"
한참 길을 가던 모질이는 뒤가 급해졌어.
멱서리를 내려놓고, 숲으로 뛰어가며 소리쳤지.
"아가씨, 나 똥 누고 올게요. 잠깐만 기다려요."
그때 뒤따라오던 하인들이 달려와
멱서리에서 재빨리 처녀를 꺼내 업었어.
하인들은 죽은 처녀의 시체를 대신 넣어 두고
왔던 길로 부리나케 되돌아갔지.
"아, 시원하다."
숲에서 돌아온 모질이는 헤벌쭉 웃었어.

끙끙 멱서리를 짊어지고 가다 보니 해가 기울었어.
"오늘 저녁은 저 집에서 얻어먹을까?"
모질이는 마을에서 제일 큰 집을 찾아갔어.
으리으리한 대문 앞에 멱서리를 기대어 놓고 소곤거렸지.
"아가씨, 이제 그만 나와요."
그런데 아무 대답이 없었어.
"이상하다. 잠이 들었나?"
모질이는 배가 고파서 더는 참을 수가 없었어.

"여보세요! 길 가는 나그네입니다!"
모질이는 대문을 쾅쾅 두드렸어.
"컹컹! 으르릉, 왈왈!"
갑자기 대문이 벌컥 열리더니
개들이 사납게 짖어 대며 달려 나오는 거야.
개들은 떡서리를 덮치더니 마구 물어뜯었지.
"으르릉, 컹컹!"
"으르릉, 왈왈!"

어이쿠, 깜짝이야!
저리 가!

"사람 살려요! 사람 살려요!"
깜짝 놀란 하인들이 달려 나왔어.
"아이고아이고, 큰일 났네!
저 개들이 예쁜 내 색시를 물어 죽였네!"
모질이는 털썩 주저앉아 땅을 치며 울었어.

"무슨 일이냐?"

주인이 밖으로 나오더니 물었어.

"우리 개가 사람을 물어 죽였습니다."

하인들은 모질이를 주인 앞으로 데리고 갔지.

"이 총각의 색시가 될 사람이었다는데요."

"큰일이구나. 이보게, 총각. 이 일을 어쩌면 좋을꼬?"

"아이고아이고, 원래대로 해 주세요."

"자자, 그러지 말고. 돈을 줄까? 밭을 줄까?"

"다 싫어요. 원래대로만 해 주세요."

'좀 모자라 보여도 마음은 착한 것 같군.'

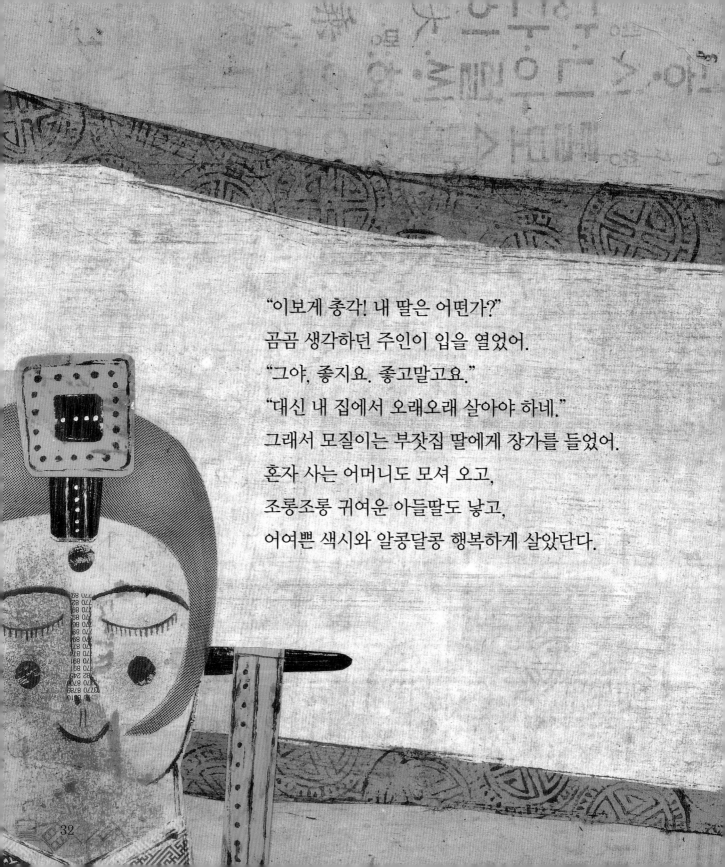

"이보게 총각! 내 딸은 어떤가?"
곰곰 생각하던 주인이 입을 열었어.
"그야, 좋지요. 좋고말고요."
"대신 내 집에서 오래오래 살아야 하네."
그래서 모질이는 부잣집 딸에게 장가를 들었어.
혼자 사는 어머니도 모셔 오고,
조롱조롱 귀여운 아들딸도 낳고,
어여쁜 색시와 알콩달콩 행복하게 살았단다.

32

33

새끼 서 발로 장가가기 작품해설

웃음을 주는 단편적인 설화를 '소담' 이라고 합니다. 의인화된 동물을 주인공으로 삼는 동물담에 비하여, 소담은 인간을 주인공으로 하지요. 소담은 유형에 따라 여러 가지로 분류되는데, 〈새끼 서 발로 장가가기〉는 과장담에 속한다고 할 수 있습니다. 과장담이란 '과장하여 표현함으로써 웃음을 주는 이야기' 입니다. 주로 게으름, 인색함, 거짓말, 건망증 등 인간의 약점이 소재가 되며, 그 행동이 상상을 넘어 크게 확대되는 내용이지요.

옛날에 홀어머니와 아들이 살고 있었습니다. 어머니는 허리가 부러지도록 일을 하는데 아들은 매일 누워서 빈둥거려요. 거기다 좀 모자라서 동네 아이들에게 '모질이' 라고 놀림을 받습니다. 하루는 어머니가 아들에게 무엇이든 해 보라며 잔소리를 하지요. 모질이는 새끼라도 꼬겠다고 하지만, 하루 종일 꼰 새끼라고는 겨우 서 발밖에 되지 않습니다. 모질이는 어머니에게 새끼 서 발을 들고 길을 떠나 스스로 살길을 찾겠다고 합니다.

새끼를 멱서리에 넣고 길을 가던 모질이는 옹기장수를 만나 새끼 서 발과 물동이를 맞바꿉니다.

그다음 물동이를 짊어지고 길을 가다, 물동이를 깨뜨려 울고 있는 처녀를 만나 같이 도망치지요. 그런데 모질이가 똥을 누는 사이 그 처녀는 죽은 처녀와 바뀌게 돼요. 마침내 모질이는 부잣집 딸에게 장가를 들어 홀어머니도 모셔 오고, 귀여운 자식들도 낳고 잘살게 됩니다.

이 이야기 속에는 흥미진진한 대결이나 긴장감 넘치는 사건은 들어 있지 않지만, 각각의 상황이 딱 맞아떨어지게 이야기가 이어져 아이들의 흥미를 돋우고 있습니다. 착하고 어수룩한 주인공 모질이가 새끼 서 발로 예쁜 색시를 얻고 행복하게 사는 모습은 누구나 모질이처럼 행복하게 되리라는 희망을 갖게 합니다.

꼭 알아야 할 작품 속 우리 문화

새끼

벼·보리의 알곡을 털고 남은 줄기와 잎을 짚이라고 하는데, 짚을 양 손바닥으로 비벼 꼬아서 줄로 만든 것이 새끼예요. 오른쪽으로 꼬면 오른새끼, 왼쪽으로 꼬면 왼새끼인데, 왼새끼는 악귀를 쫓는다 해서 금줄을 칠 때 쓰였대요.

멱서리

짚으로 촘촘히 엮어 만든 그릇이에요. 깊이가 깊고 바닥은 널찍하게 생겨서 곡식을 많이 담을 수 있지요. 우리 조상들은 멱서리처럼 재물과 복이 가득 쌓이는 인물이 되라는 뜻에서 아이들이 어릴 적에 이름 대신 '멱서리' 라는 이름으로 부르기도 했대요.

옹기장수

투박하면서 실용적인 옹기는 흙으로 만들어요. 이런 옹기를 만드는 사람을 '옹기장이' 라고 하고, 옹기를 파는 사람을 '옹기장수' 라고 하지요. 옹기는 대개 옹기점에서 팔았지만 옛날에는 지게에 옹기를 지고 거리나 집집을 돌며 파는 옹기장수도 흔했어요.

조상의 지혜를 배우는 속담 여행

〈새끼 서 발로 장가가기〉에서 모질이는 좀 모자라는 사람이지만 새끼 꼬는 기술 하나는 있었어요. 결국 그 기술 덕분에 행복하게 살 수 있었지요. 여기에서 배울 수 있는 속담을 알아보아요.

굼벵이도 구르는 재주가 있다

아무리 무능하고 보잘것없는 사람이라도 한 가지 재주는 있음을 비유적으로 이르는 말이에요.

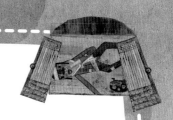

전래 동화로 미리 배우는 교과서

🫓 모질이가 새끼를 꼬았을 때 모질이 엄마는 겨우 이것밖에 안 되느냐고 했지만 모질이는 그거면 충분하다고 했어요. 같은 새끼 서 발에 대해 두 사람의 생각이 어떻게 다른지 이야기해 보세요.

🥙 모질이는 멱서리에 들어 있는 죽은 처녀의 몸밖에는 아무것도 가진 것이 없었어요. 그런데 왜 부잣집 주인은 자기 딸과 모질이를 혼인시켰을까요?

🪖 모질이는 자기가 꼰 새끼 서 발을 가지고 부잣집 처녀에게 장가를 들었어요. 새끼 서 발이 무엇무엇으로 바뀌었는지 아래 그림을 보며 순서를 맞춰 보세요.